AF234235

4 novembre 1874

Notes —

Catalogue

V.te — Lavarque

Produit   84 40 L

Honoraires —   334 L 60

le 6 X.bre
1874

y.d.t
8

NOTICE

DE

TABLEAUX ANCIENS

Pour la majeure partie

DE L'ÉCOLE ITALIENNE

DESSINS ET AQUARELLES

CADRES DORÉS, QUELQUES CURIOSITÉS

LE TOUT

Provenant de la Collection de M. L***

DONT LA VENTE AUX ENCHÈRES PUBLIQUES AURA LIEU

HOTEL DROUOT, SALLE N° 5

Le Samedi 4 Novembre 1871

À UNE HEURE ET DEMIE

Par le ministère de Mᵉ **ESCRIBE**, Commissaire-Priseur,
rue de Hanovre, 6,
Assisté de **MM. DHIOS** et **GEORGE**, Experts, rue Le Peletier, 33.

EXPOSITION PUBLIQUE

Le Vendredi 3 Novembre 1871, de 1 heure à 5 heures.

PARIS — 1871

CONDITIONS DE LA VENTE

Elle sera faite au comptant.

Les Acquéreurs paieront CINQ POUR CENT en sus du prix d'adjudication.

DÉSIGNATION

DES

TABLEAUX

BARROCCIO

1 — La Vierge au livre.

BOURGUIGNON

2 — Choc de cavalerie.

Deux pendants.

BOURLARD (A.), 1860

3 — Pâtre conduisant des bœufs.

BOULARD (A.)

4 — Marais Pontins.

CARAVAGGIO (Michel-Ange)

5 — La sainte Famille.

CARAVAGGIO (M.-A.)

6 — Son Portrait ?

CARRACHE (?)

7 — La Tentation de saint Antoine.

CRIVELLONE

8 — Coq, Poule et Poussins.

DOMINIQUIN

9 — Persée délivrant Andromède.

DOMINIQUIN (École du)

10 — Agar dans le désert.

DUPRÉ (Victor)

11 — Petit Paysage.

FALCONE (Aniello)

12 — Après la bataille.

FRANCIA (École de)

13 — La Vierge et l'Enfant.

FURINI

14 — La Charité (buste de jeune femme).

GESSI

15 — Étude d'enfant.

GRANET (?)

16 — Intérieur de cloître.

GRAZIANI

17 — Bambochade et halte de cavaliers.

Deux pendants.

GRAZIANI

18 — Combat de cavalerie.

Deux pendants sur cuivre.

GUERCHIN

19 — Épisode de la vie du roi David.

GUERCHIN

20 — Portrait d'un guerrier.

GUIDO RENI

21 — Mater Dolorosa.

GUIDO RENI

22 — Portrait de la Cinci.

GUIDO RENI (?)

23 — L'Annonciation.

GUIDE (École de)

24 — Offrande.

GUIDE (École de)

25 — Tête de saint Pierre (esquisse).

GUIDO RENI (École de)

26 — Tête de Christ.

HOLBEIN (École de)

27 — Portrait d'une dame tenant un chapelet.

LEHMANN (1842)

28 — Portrait de jeune homme.

MANGLARD

29 — Marine ; tempête.

MARATTI (Carlo)

30 — Portrait d'homme tenant une lettre.

MOLA (Francesco)

31 — Saint Jean-Baptiste enfant.

MORONI

32 — Tête de vieillard.

MULLER (1841)

33 — Portrait de femme (étude).

OTTO MARCELLIS

34 — Plantes, Reptiles et Papillons.

PARMEGIANINO

35 — La Vierge tenant l'Enfant-Jésus, adoré par des anges.

PERUGIN (École de)

36 — Madone avec l'Enfant.

RAPHAEL (D'après)

37 — La Vierge à la chaise.

Ancienne copie avec variantes.

ROMAIN (École de JULES)

38 — La Vierge, l'Enfant et saint Jean.

ROMAKO

39 — Saltarelle.

ROSA DE TIVOLI

40 — Paysage et Animaux.

SIMONINI

41 — Choc de cavalerie.

SIRANI (Élisabeth)

42 — Une Sainte (buste).

SOLIMÈNE

43 — La Nativité.

UTRECHT (A. Van)

44 — Gibier mort.

VERBOOM

45 — Paysage boisé, avec figures.

VERNET (J.)

46 — Marine.

VILLEVIELLE

47 — Paysage, avec rivière.

VINCI (École de Léonard de)

48 — Le Christ portant sa croix (buste).

ANCIENNE ÉCOLE VÉNITIENNE

49 — La Vierge et l'Enfant.

ÉCOLE FLORENTINE

50 — Le Sauveur du monde.

ÉCOLE FLORENTINE

51 — Sainte Catherine.

ÉCOLE MILANAISE

52 — Portrait de jeune femme nue, représentée à
mi-corps.

ÉCOLE ROMAINE

53 — La sainte Famille.

ÉCOLE ROMAINE

54 — La Vierge et l'Enfant.

ÉCOLE GENOISE

55 — Moïse sauvé des eaux et le Baptême du Christ.

Deux pendants.

ÉCOLE ITALIENNE

56 — Jeune Femme tenant un oiseau.

Gracieuse peinture dans le goût des maîtres français
du XVIIIe siècle.

ECOLE ITALIENNE

57 — Jeune Femme touchant du clavecin.

ECOLE ITALIENNE

58 — Sujet mythologique.

ECOLE ITALIENNE

59 — Portrait de la mère de Mazarin.

ECOLE ITALIENNE

60 — Mariage mystique de sainte Catherine.

    Peinture sur albâtre oriental, encadrement ébène à filet d'étain.

ECOLE ITALIENNE

61 — La Madeleine.

ECOLE ITALIENNE

62 — Poissons et Gibier.

ECOLE ITALIENNE

63 — Mars et Vénus.

ECOLE ITALIENNE

64 — Tête de Vierge, profil.

ECOLE ITALIENNE

65 — Le Jugement de Mydas.

ECOLE ITALIENNE

(FIN DU XVIIIᵉ SIÈCLE)

66 — Portrait de femme avec un curieux costume.

ECOLE ALLEMANDE

67 — La Vierge, l'Enfant et sainte Anne.

ECOLE FLAMANDE

68 — Intérieur flamand.

69 — Cinquante-sept Tableaux anciens, des diverses Écoles, seront vendus séparément sous ce numéro.

DESSINS ET AQUARELLES

70 — Vingt-et-un Dessins par L. Bellangé, Simonetti, Flers, N. Poussin, Largillière, Natoire, seront vendus séparément sous ce numéro.

71 — Environ vingt Cadres dorés et Bordures italiennes en bois sculpté.

72 — Quelques Objets de curiosité, Bronzes, Poteries et Bois sculptés.

Renou et Maulde, imprimeurs de la Compagnie des Commissaires-Priseurs, rue de Rivoli, 144.　　　13716

RED. :

18

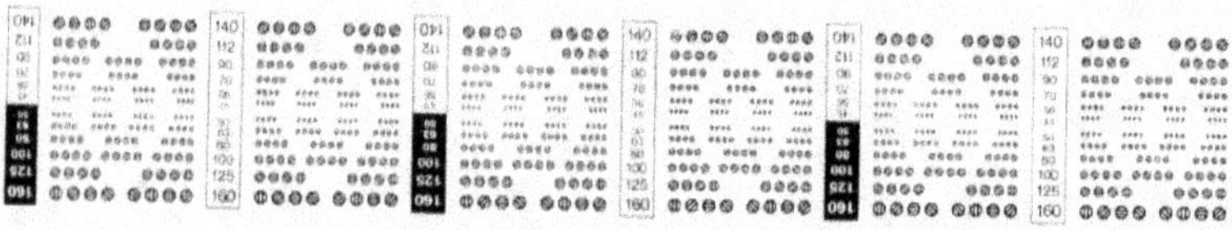

BIBLIOTHEQUE NATIONALE DE FRANCE

****

CHATEAU DE SABLE

1995

www.ingramcontent.com/pod-product-compliance
Lightning Source LLC
LaVergne TN
LVHW021810060726
842528LV00003B/1245